# NOT NOW, BERNARD
## David McKee

بھئی اَبھی نہیں برنارڈ

ڈیوڈ میکی

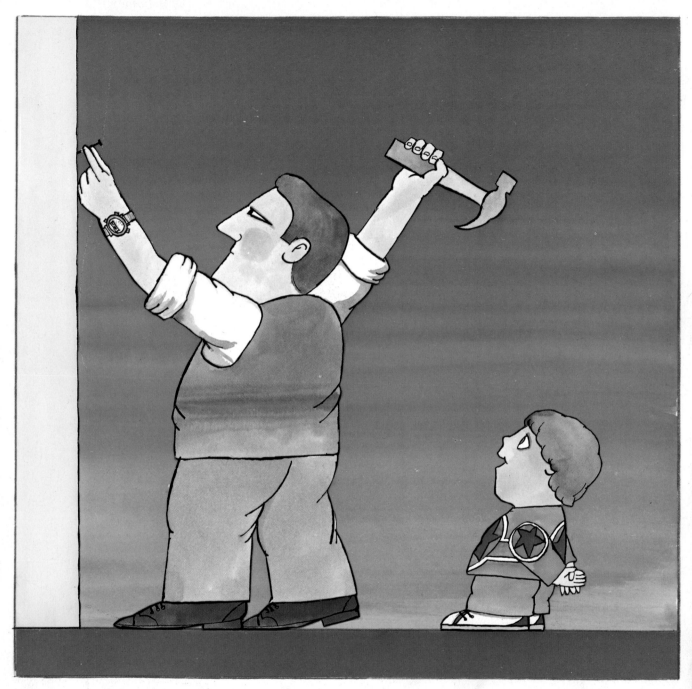

“Hello, Dad,” said Bernard.

”ہیلو۔اَبّاجان ۔“ برنارڈ نے کہا ۔

“Not now, Bernard,” said his father.

”بھئی اَبھی نہیں برنارڈ ۔“ اُس کے اَبّا نے کہا۔

"Hello, Mum," said Bernard.

"ہیلو۔ اَمّی جان ۔" برنارڈ نے کہا۔

“Not now, Bernard,” said his mother.

”بھئی ابھی نہیں برنارڈ ۔“ اُس کی اَمّی نے کہا ۔

"There's a monster in the garden and it's going to eat me," said Bernard.

"باغ میں ایک ہیبتناک دیو ہے اور وہ مجھے ہڑپ کرنے جا رہا ہے۔" برنارڈ نے کہا۔

"Not now, Bernard," said his mother.

”بھئی اَبھی نہیں برنارڈ ۔ “ اُس کی اَمّی نے کہا ۔

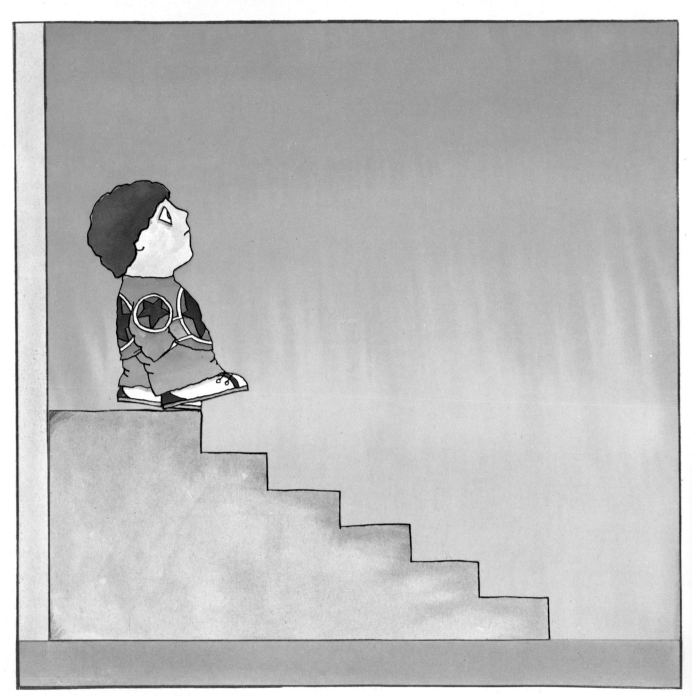

Bernard went into the garden.

برنارڈ باغ میں چلا گیا ۔

"Hello, monster," he said to the monster.

”ہیلو۔ ہیبتناک دیو۔“ اُس نے ہیبتناک دیو سے کہا ۔

The monster ate Bernard up, every bit.

ہیبتناک دیو نے برنارڈ کو ہڑپ کر ڈالا ۔ پورے کا پورا ۔

Then the monster went indoors.

پھر ہیبتناک دیو اَندر چلا گیا ۔

"ROAR," went the monster behind Bernard's mother.

"ہاؤؤ ۔" ہیبتناک دیو نے برنارڈ کی اُمّی کے پیچھے جاکر چیخ ماری ۔

"Not now, Bernard," said Bernard's mother.

”بھئی ابھی نہیں برنارڈ ۔“ برنارڈ کی امّی نے کہا۔

The monster bit Bernard's father.

ہیبتناک دیو نے برنارڈ کے ابّا کو کاٹ لیا۔

"Not now, Bernard," said Bernard's father.

”بھئی ابھی نہیں برنارڈ ۔“ برنارڈ کے ابّا نے کہا۔

"Your dinner's ready," said Bernard's mother.

”تمھارا کھانا تیّار ہے ۔“ برنارڈ کی امّی نے کہا ۔

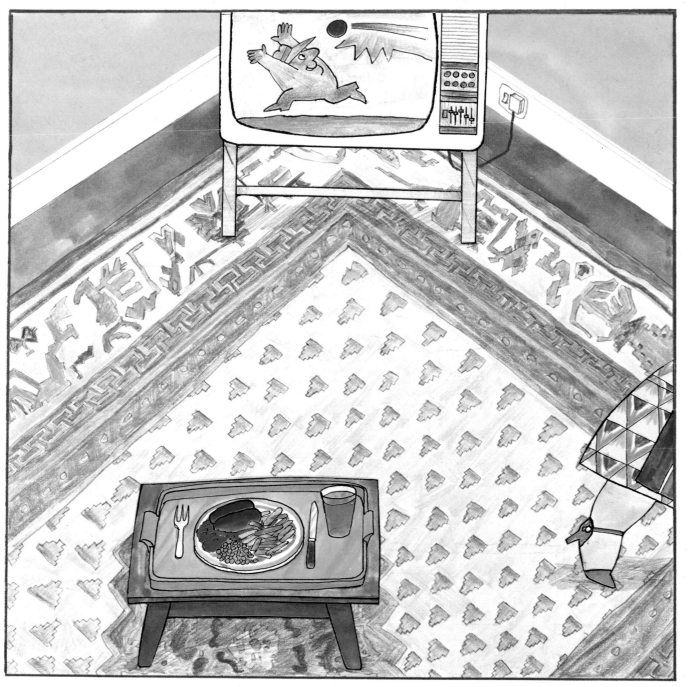

She put the dinner in front of the television.

اُنہوں نے کھانا ٹیلیویژن کے سامنے رَکھ دیا۔

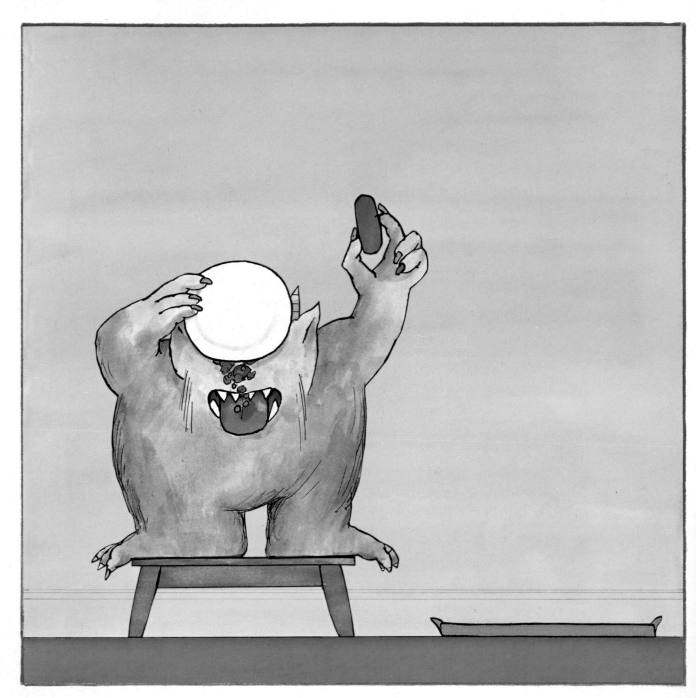

The monster ate the dinner.

ہیبتناک دیو نے کھانا ہضم کرلیا۔

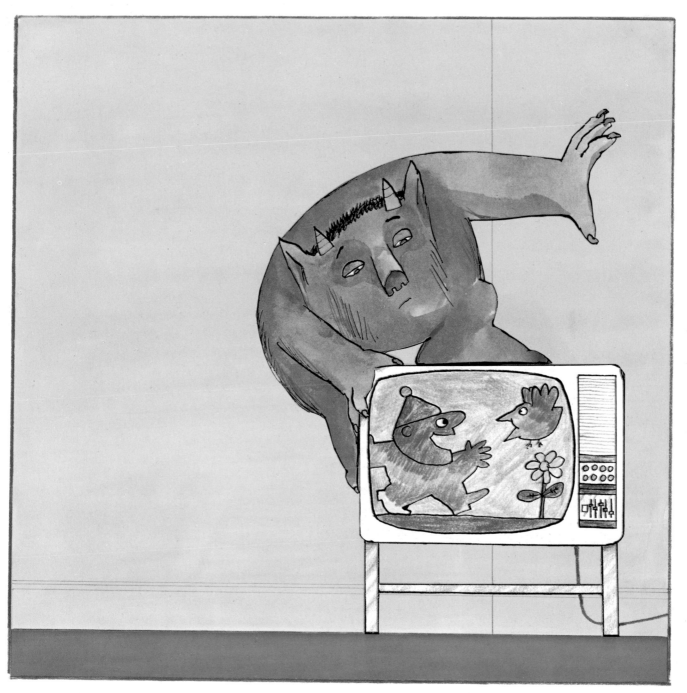

Then it watched the television.

پھر اُس نے ٹیلیویژن دیکھا ۔

Then it read one of Bernard's comics.

پھر اُس نے برنارڈ کا ایک کومِک پڑھا ۔

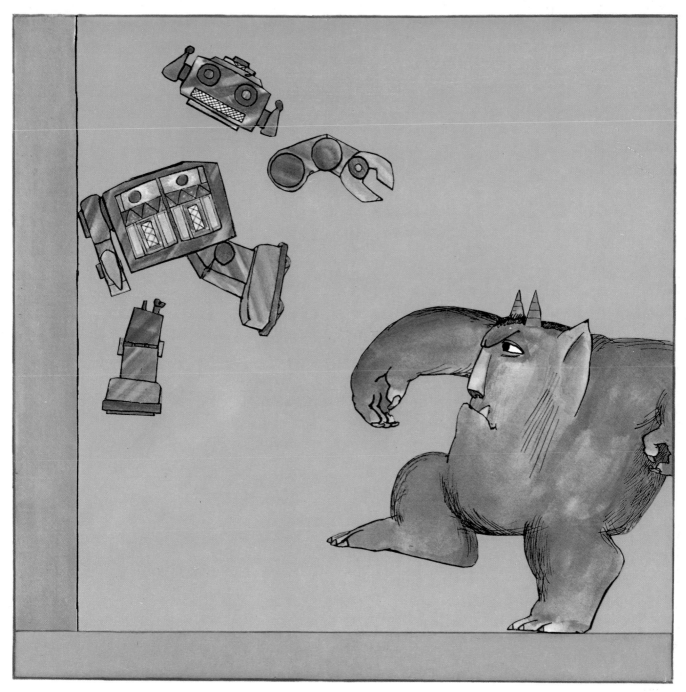

And broke one of his toys.

اَور اُس کا ایک کھلونا توڑ ڈالا ۔

"Go to bed. I've taken up your milk," called Bernard's mother.

"سونے کے لئے جاؤ ۔ میں تمھارا دُودھ اُوپر لے گئی ہوں ۔" برنارڈ کی امّی نے پُکار کر کہا ۔

"Not now, Bernard," said Bernard's mother.

”بھئی ابھی نہیں برنارڈ ۔“ برنارڈ کی اَمّی نے کہا ۔